Palabras que debemos aprender antes de leer

alimentarse

cálido

cavernas

colgado

ecosistema

especialista

guano

nocturnos

www.rourkeeducationalmedia.com

Edición: Luana K. Mitten
Ilustración: Ed Myer
Composición y dirección de arte: Renee Brady
Traducción: Yanitzia Canetti
Adaptación, edición y producción de la versión en español de Cambridge BrickHouse, Inc.

Library of Congress Cataloging-in-Publication Data

Robins, Maureen Picard
El hábitat de los murciélagos / Maureen Picard Robbins.
p. cm. -- (Little Birdie Books)
ISBN 978-1-61810-546-2 (soft cover - Spanish)
ISBN 978-1-63430-309-5 (hard cover - Spanish)
ISBN 978-1-62169-039-9 (e-Book - Spanish)
ISBN 978-1-61236-037-9 (soft cover - English)
ISBN 978-1-61741-833-4 (hard cover - English)
ISBN 978-1-61236-748-4 (e-Book - English)
Library of Congress Control Number: 2015944654

Scan for Related Titles and Teacher Resources

Also Available as:

ROURKE'S e-Books

Rourke Educational Media
Printed in the United States of America,
North Mankato, Minnesota

rourkeeducationalmedia.com

customerservice@rourkeeducationalmedia.com • PO Box 643328 Vero Beach, Florida 32964

El hábitat de los murciélagos

Maureen Picard Robins
ilustrado por Ed Myer

—¡Mamá! ¡Papá! ¡Vengan rápido! —gritaba Jaimito desde su cuarto. No le importaba despertar a su hermanita Graciela.

—¿Qué pasa, Jaimito?
—susurró su padre.

—¡Papá! ¿Ves algo que cuelga de las cortinas? —dijo Jaimito asomando la cabeza por debajo de sus cobijas.

El padre de Jaimito miró hacia la ventana y vio a un diminuto animalito marrón colgado de la barra de la cortina.

—¡Parece un murciélago! —exclamó Papá—. ¡Vamos, Jaimito! ¡Salgan de aquí tú y tu hermana!

A la mañana siguiente, de camino a la escuela, Jaimito le contó a Héctor sobre el murciélago: —Mi papá tuvo que llamar a su amigo Beto, un especialista en animales salvajes, para capturar al murciélago.

—¿No te quiso chupar la sangre? —preguntó Héctor.

correo

—¡Eso lo hace el vampiro, tontito! —intervino Carlota—. Acabo de leer un libro entero acerca de los murciélagos para un proyecto escolar.

—No te acerques más así, sin hacer ruido —protestó Héctor.

Carlota le sacó la lengua: —Los murciélagos son animales nocturnos y salen para alimentarse de insectos, como las polillas. Lo más seguro es que tu murciélago vino de las cavernas de Troya —dijo.

—¡Las cavernas de Troya! —exclamaron ambos niños—. ¿Cómo lo sabes?

—Se abrieron para los turistas, lo que ha puesto en peligro el hábitat natural de los murciélagos Orejas de mula. La prueba de que esos murciélagos duermen allí es que puedes ver alas de polilla y guano.

—No me extraña que hubiera un murciélago en mi cuarto —dijo Jaimito—. ¡No pudo regresar a su casa!

—¿Qué hacemos? —preguntó Héctor.

—Podemos construir casas para los murciélagos! —sugirió Carlota.

Cuando Jaimito regresó a casa esa tarde, les contó a sus padres acerca de la idea de construir nuevos hogares para los murciélagos.

—¿Por qué construirles casas a los murciélagos?
—le preguntó su papá—. No querrás tenerlos dando vueltas por nuestro vecindario.

—Carlota nos dijo que los murciélagos son buenos! Se alimentan de polillas y otros insectos y son parte importante de nuestro ecosistema —dijo Jaimito—. Además, ellos van a seguir buscando un lugar cálido donde descansar si no los ayudamos ahora.

—Podríamos construirles una justo al costado de nuestra casa, en el exterior de la escuela y también en los árboles —dijo Jaimito.

El papá de Jaimito llamó a Beto, el especialista en murciélagos, para que lo ayudara, en lo que llegaban Carlota y Héctor. Los tres amigos salieron en busca del mejor árbol para darle al murciélago un lugar cálido y seguro donde vivir.

Actividades después de la lectura

El cuento y tú...

¿Qué encontró Jaimito en su cuarto?

¿Qué decidieron hacer Jaimito y sus amigos para evitar que los murciélagos se metieran en sus casas?

¿Alguna vez has tenido un murciélago en tu casa? Si es así, ¿qué hiciste? Si no es así, ¿qué harías?

Palabras que aprendiste...

Elige tres palabras de la siguiente lista. Escribe una definición para cada una. Ahora escribe una oración con cada una de esas palabras.

alimentarse	ecosistema
cálido	especialista
cavernas	guano
colgado	nocturnos

Podrías... hacer un folleto acerca de un animal cuyo hogar esté en peligro.

- Averigua acerca de los animales que viven por tu casa.
- Determina de qué animales escribirás en tu folleto.
- Incluye en tu folleto información acerca de cuál es el hábitat de esos animales y de qué se alimentan.
- ¿Está en peligro el hábitat de ese animal? Si es así, ¿por qué está en peligro? ¿Se han apoderado las personas de ese hábitat?
- Explica en tu folleto lo que podemos hacer para ayudar a ese animal. ¿Puedes construirle un hogar al igual que hicieron los niños en el cuento?

Acerca de la autora

Maureen Picard Robins escribe poesía y libros para niños y adultos. Ella es asistente del director en una escuela intermedia en la ciudad de Nueva York. Vive en uno de los barrios de la ciudad de Nueva York con su esposo y sus hijas.

Acerca del ilustrador

Ed Myer es un ilustrador nacido en Manchester que ahora vive en Londres. Después de crecer en una familia artística, Ed estudió cerámica en la universidad pero siempre continuó dibujando. Además de ilustrar, a Ed le gusta viajar, jugar juegos de computadora y sacar a pasear a Ted (su perrito Jack Russell).